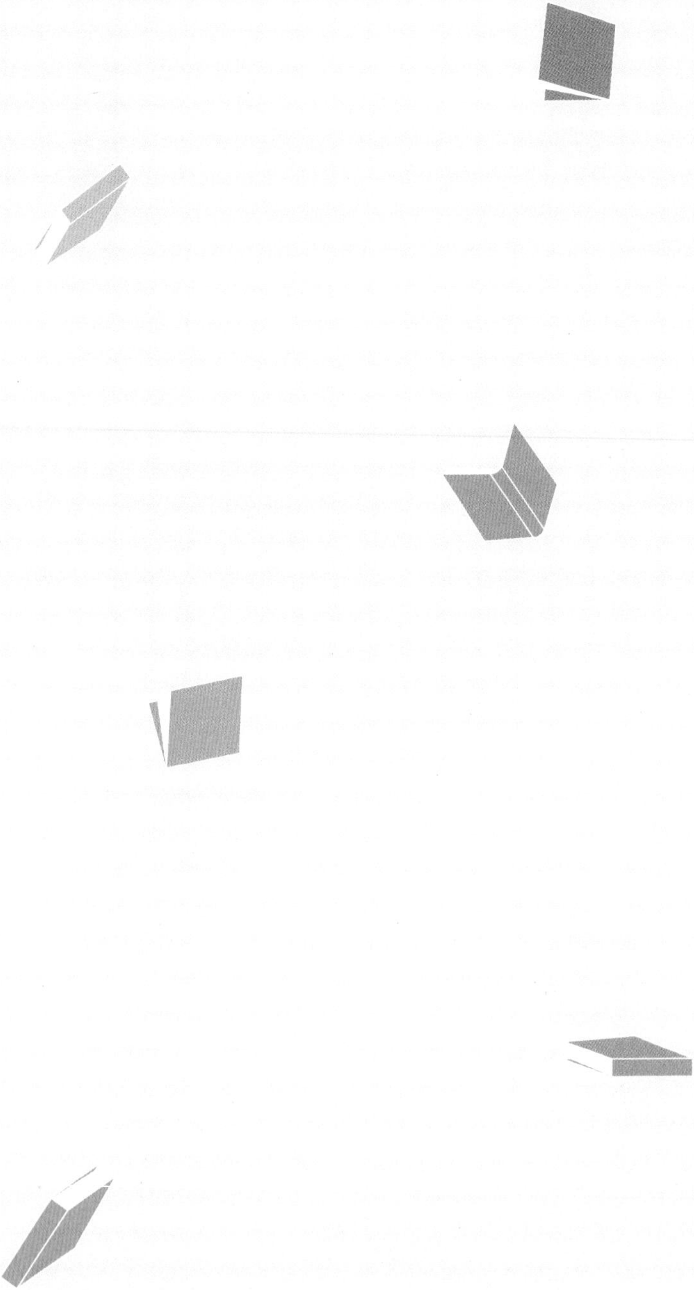

閱讀123

國家圖書館出版品預行編目資料

妖怪小學3：相反咒語／林世仁　文；森本美術文化　圖 -- 第一版. -- 臺北市：親子天下, 2017.09　128面；14.8x21公分. --（閱讀123）ISBN 978-986-94737-2-9（平裝）
859.6　106006811

閱讀 123 系列 —— 069

相反咒語

作者｜林世仁
繪者｜森本美術文化
責任編輯｜陳毓書
封面設計・美術設計｜杜皮皮
行銷企劃｜陳詩茵、吳函臻

天下雜誌群創辦人｜殷允芃
董事長兼執行長｜何琦瑜
媒體暨產品事業群
總經理｜游玉雪
副總經理｜林彥傑
總編輯｜林欣靜
行銷總監｜林育菁
資深主編｜蔡忠琦
版權主任｜何晨瑋、黃微真

出版者｜親子天下股份有限公司
地址｜台北市 104 建國北路一段 96 號 4 樓
電話｜（02）2509-2800　傳真｜（02）2509-2462
網址｜www.parenting.com.tw
讀者服務專線｜（02）2662-0332　週一～週五：09:00~17:30
讀者服務傳真｜（02）2662-6048　客服信箱｜parenting@cw.com.tw
法律顧問｜台英國際商務法律事務所・羅明通律師
製版印刷｜中原造像股份有限公司
總經銷｜大和圖書有限公司　電話：（02）8990-2588

出版日期｜2017 年 9 月第一版第一次印行
2023 年 8 月第一版第九次印行
定價｜260 元
書號｜BKKCD074P
ISBN｜978-986-94737-2-9（平裝）

妖怪小學 3

相反咒語

文 林世仁　圖 森本美術文化

公布欄

本校模範生 遲到六人組

小耳朵

什麼聲音都聽得到。

聲音獸咚咚

班長，個性單純，最愛吃聲音。

好奇怪

有時候是「ㄏㄠˇ奇怪」，有時候是「ㄏㄠˋ奇怪」。對世界充滿好奇，愛問問題，滿腦子都是問號。從小的志願是：長大要做一件「最奇怪」的事！

鼻寶

什麼味道都愛聞，香的、臭的、焦的，不過最愛的還是花香和果香。

眼眼

千眼怪的小孩，目前還是「獨眼怪」。（身上的那些小眼睛，是「眼睛貼紙」唷！）

帝江

從《山海經》出來的怪獸，思考很慢，能變大、縮小。

妖怪小學

抽籤選出的優秀師資群

妖大王

創辦妖怪小學的校長

責任大、企圖心大，連想到的點子都很大！但大多異想天開，不一定能成真。

九頭龍

主任

察言觀色第一名！凡事遵命，使命必達。

隱形怪

教師代表

最優雅的紳士，常常注意沒人注意的小細節。最興奮時，也不會忘記餐桌禮儀。

咕嘰咕嘰風

校風

因為一所學校的「校風」決定了它的風格、風度和風貌，所以妖大王特別招募校風。專長是搔癢，製造笑聲。

千眼怪

其他

就是說，其他的事情都找他！

八腳怪

工友

愛湊熱鬧、忘性強，實話實說，經常扮演「白目角色」，只是自己一直不知道。

目次

小耳朵耳朵癢！ 06
太陽撞到月亮？ 14
兩道門 32
溜出去玩的海 56

沒有光的地方 78
成功？還是失敗？ 96
課後會議 106
小耳朵的日記 116
附錄 相反咒語漫畫篇 126

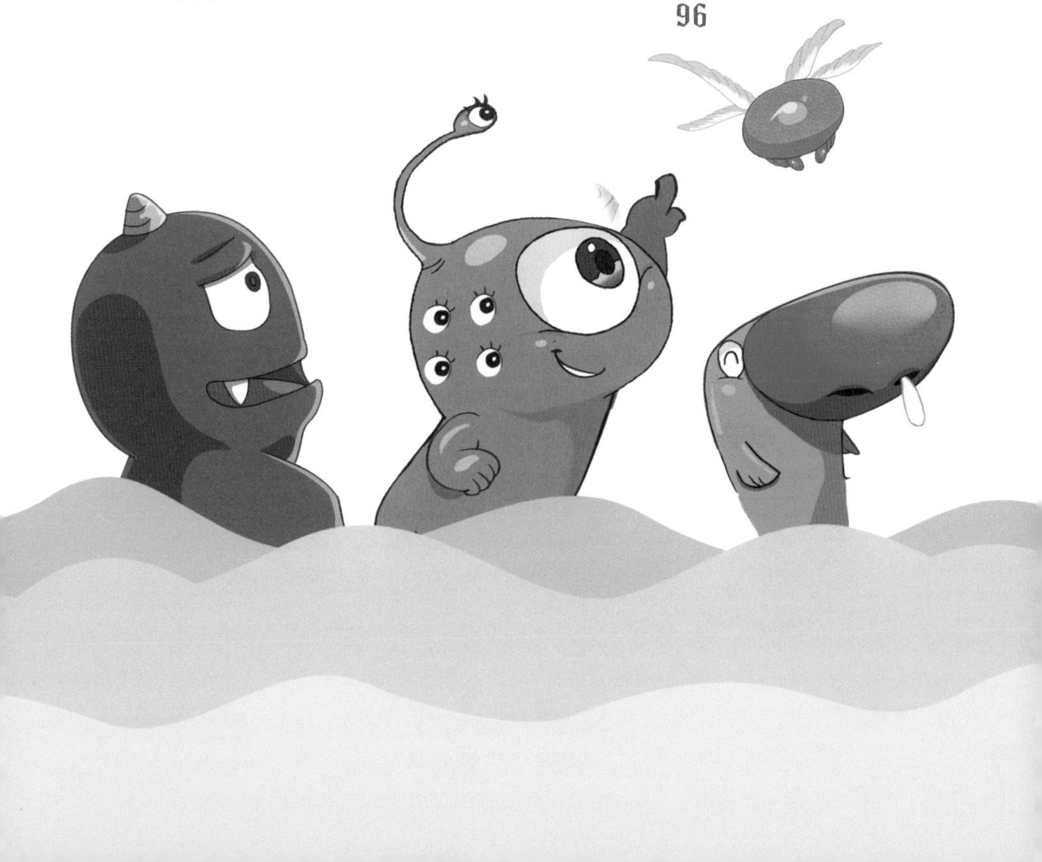

小耳朵
耳朵癢！

「哇，耳朵好癢啊！」小耳朵在床上又蹦又跳。

窗外，咕嘰咕嘰風正好經過。「耳朵癢？我來幫妳掏耳朵。」

「咻——」咕嘰咕嘰風一下子就鑽過窗縫，跳進小耳朵的耳朵裡。

「哇，這是什麼？」咕嘰咕嘰風拉出一大串彩色點點。

「聲音球，」小耳朵說：「它們堵在我的耳朵裡，一多就癢！」

「好好玩，妳的耳朵會長聲音球！」

「才不是。」小耳朵說：「我什麼聲音都聽得到，每次相反的話同時鑽進來，它們就會結成一團，變成聲音球。」

「相反的話？什麼意思？」咕嘰咕嘰風好奇的拉開聲音球，每一顆聲音球立刻都蹦成兩

半，變成兩句相反的話：

「善有善報，惡有惡報。」

「人善被人欺，馬善被人騎！」

「三百六十行，行行出狀元。」

「萬般皆下品，唯有讀書高！」

「比賽，就要志在必得，努力爭取前三名！」

「比賽，志在參加，不在得獎。」

「有錢能使鬼推磨！」

「金錢不是萬能的。」

「人不為己，天誅地滅！」

「我為人人，人人為我。」

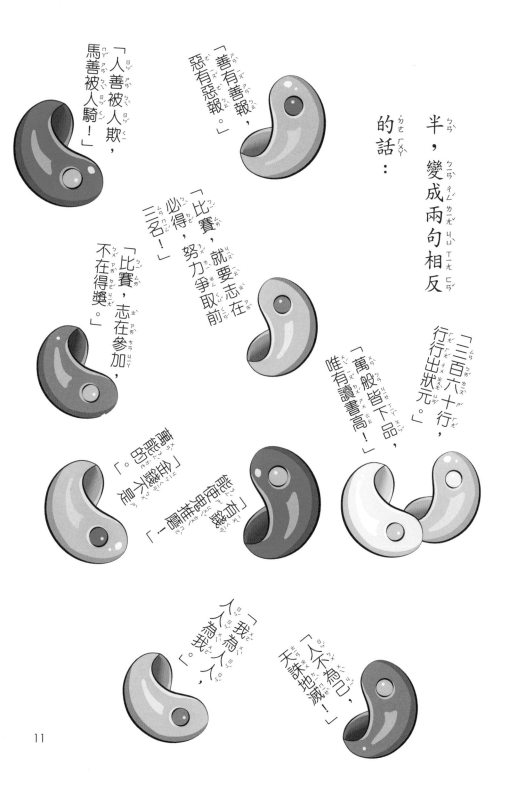

「這些聲音不知道是從哪裡來的？它們在我耳朵裡打架，一打就變成聲音球；一多就弄得我耳朵癢。」小耳朵說：「真不知道它們哪一個說得對？」

「好玩！好玩！」咕嘰咕嘰風一鬆手，聲音又兩兩一堆滾成球，「我把它們帶去給九頭龍主任。他一定知道誰說得對！」

我為人人，人人為我。
人不為己，天誅地滅。

太陽撞到月亮?

大清早，太陽還沒完全昇起，太平洋的海水冰冰涼涼。

「哈啾！哇——又流鼻水了？」妖大王擤擤鼻子，焦急的望著海平面，「老師怎麼還沒來？」

九頭龍主任看看手錶，「不等了，校長先帶大家練拳吧。」

咕嘰咕嘰風立刻吹起口哨：「咻！咻！咻！」

「口哨鐘聲」才剛響完，
東方，一團紅光一閃，
由東往西，快如火箭急急衝來。
西方，一團黃光一閃，
由西往東，慢如牛車，慢吞吞
飛過來……半空中，
紅光直直撞上黃光——「轟！」
紅光炸碎，

黃光飛散……半空中，一團更大的橘色火光緩緩升起！

「哇，太陽撞到月亮了！」

「不對，是飛彈撞到炸彈。」

「不不不，是流星撞到衛星！」

太平洋上，波浪高高低低，每一個「波浪椅」上都坐著一個小妖怪。

他們嘴巴張得好大，他們的影子被爆炸聲嚇得跳起來，一個個都逃得好遠。隱形怪老師趕緊安撫影子，一一牽起它們的小手，把它們領回主人身邊。

橘色火光中，走出一個龐大身影，一半紅，一半黃。

「嘿，終於趕上了！」九頭龍主任擦擦冷汗，「各位同學，拍拍手，跟老師說早安！」

啊——原來是老師！

「起立——」聲音獸咚咚立刻喊口令，「敬禮！」

「老師好！」小妖怪紛紛拍手。

大家好，我是早安老師，八豆妖。請認明，我的紅色手臂上有八顆青春痘。
大家好，我是晚安老師，妖八豆。別弄錯，我的黃色手臂上有八顆黑豆！

「奇怪，老師怎麼有兩張嘴巴？兩個名字？」好奇怪悄悄問。

「對呀，名字還倒過來。」小耳朵說。

「嗯，味道也好怪，」鼻寶說：「一半香，一半臭。」

眼眼說：「哇，我還看到——老師有兩個影子！」

「噓——安靜，」妖八豆說：「先教大

家一句話——沈默是金！」

「不不不！大家要——知無不言，言無不盡！」八豆妖立刻反對，「學問——學『問』——要學就要問！」

咚咚一吸，哇，兩個聲音又甜又辣，好特別，

「請問老師，我們今天上什麼課？」

「好問題！」八豆妖舉起右食指，「我們要來學一些有趣的話，比如說——人多力量大！」

「錯！你一舉例就錯。」妖八豆搖搖左手說：「是——人多嘴雜！九頭龍主任，麻煩您示範一下。」

九頭龍主任點點頭，九顆腦袋同時冒出來，同時說話：

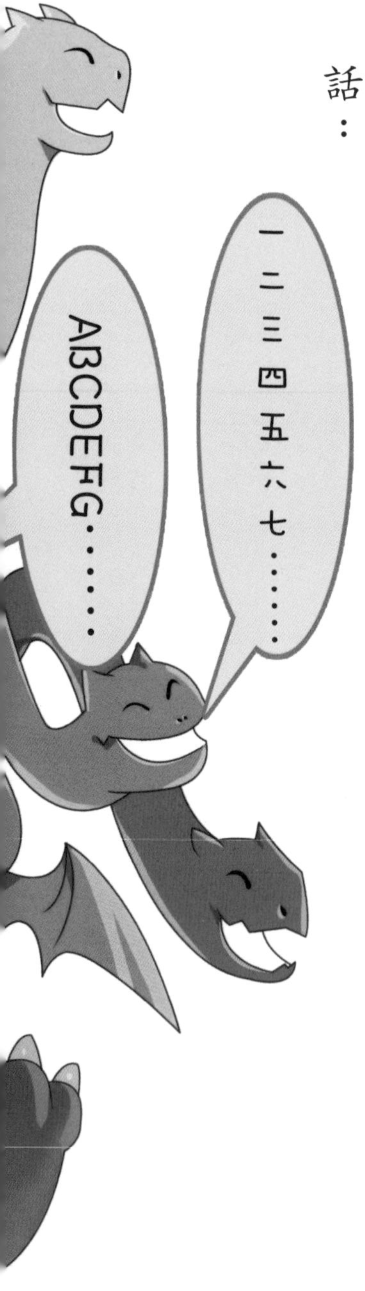

ㄅㄆㄇㄈㄉㄊㄋ……
我是全宇宙最棒的龍……
……

每一顆腦袋都說得好清楚，小妖怪卻一個字也聽不懂。九個聲音混在一起，全變成了「轟轟轟轟」「轟轟轟轟」「轟轟轟轟」……

「哇，我懂了！」八腳怪好興奮。

妖八豆很高興，「八腳怪，請告訴大家你懂了什麼？」

八腳怪立刻抬起頭，仰慕的望著九頭龍，「請問——雷公是您本人吧？」

「錯！」小妖怪全都大聲說。

「太棒了！小朋友。」八豆妖很滿意，「你們立刻就證明了人多力量大，答案一下子就出來了。」

「停！」妖大王很生氣，「兩位老師怎麼老在唱反調？這樣怎麼上課？」

「大王請息怒，」九頭龍趕緊送上課表，「今天的課程主題正是——唱反調！」

兩道門

「咚咚，你幾歲？」妖八豆的大手往前一指。

「五歲。」咚咚驕傲的說。妖八豆大手又指向遠處另一處，「地震大王，你幾歲？」

「我……我忘記了。」地震大王站起來，脹紅了臉。

隱形怪老師偷偷走到他身

邊，「地球今年四十五億歲了喔。」

「啊，我想起來了！」

地震大王臉色一亮，「我四十五億歲！」

「四十五億歲？」妖八豆大聲說：「大家看到沒？這就是——少壯不努力，老大徒傷悲！大家都要以地震大王為戒，不要像他，這麼老了才來上小學。」

地震大王低下頭，臉更紅了。

「誰說的？」八豆妖搖搖另一隻大手，「地震大王是活到老、學到老！一把年紀還願意從頭學起，真是太了不起了！大家都要向他學習。」

地震大王抬起頭，不敢相信自己的耳朵。他的眼睛又亮了起來。

哇，大家都糊塗了，不知道該不該拍手？

「嘿，究竟哪一句話才對啊？」妖大王掏掏耳朵，「怎麼連我也被弄迷糊了？千眼怪，你看到未來了嗎？這一堂課是成功還是失敗啊？」

千眼怪抹抹額頭上的汗說：「大王，對不起，天機不可洩露啊！」

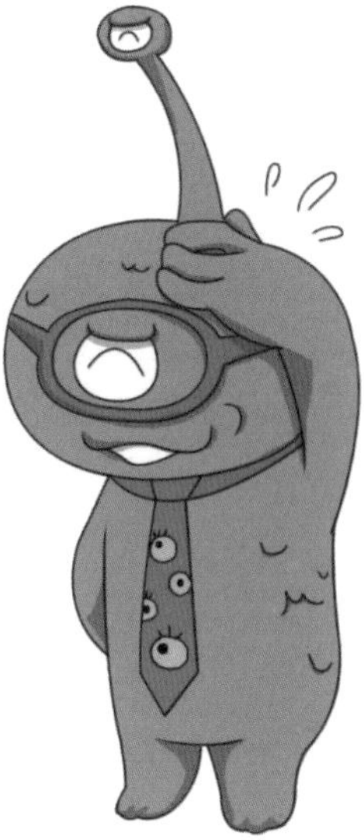

八腳怪湊過來問：「大王，老師人格分裂了吧？要不要我去找醫生？」

海浪高高低低，好不平靜，好像大家的心情。

「大家一定有些不明白吧？」八豆妖問。

小妖怪全都點點頭，連海浪也點起頭來。

「小耳朵！」妖八豆一招手，小耳朵的波浪椅立

刻升高，移到前頭，「你來當這一堂課的小助教。」

「小助教？」

「對啊！」八豆妖微笑著說：「這堂課的課本都在你的耳朵裡呢！」

有緣千里來相會。
不是冤家不聚頭！
書到用時方恨少。
百無一用是書生！

「啪！啪！啪！」

八豆妖和妖八豆同時拍手，好多聲音球從小耳朵的耳朵裡跑出來。

一會兒，空中就出現好多相反句子：

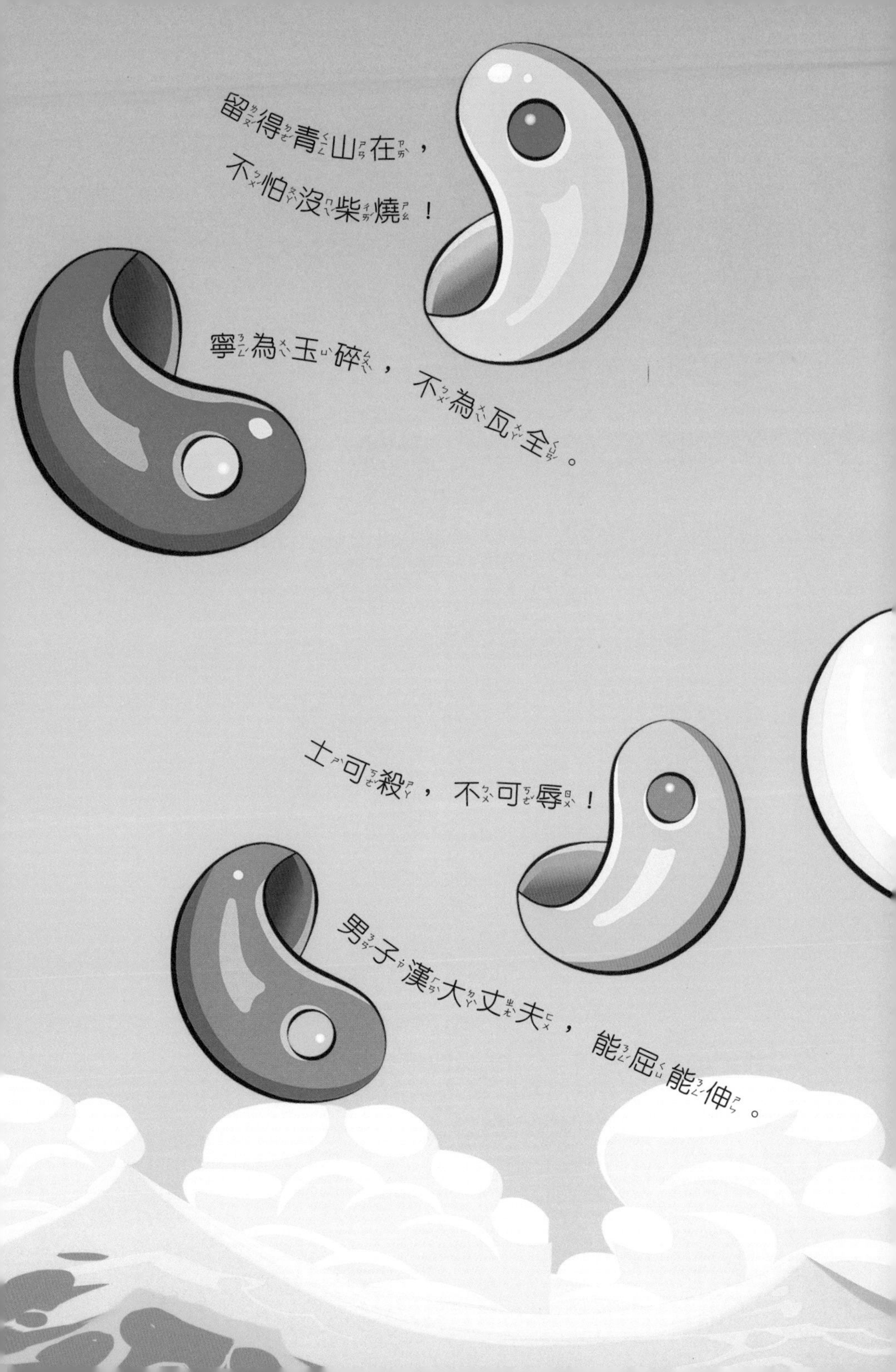
留得青山在，不怕沒柴燒！
寧為玉碎，不為瓦全。
士可殺，不可辱！
男子漢大丈夫，能屈能伸。

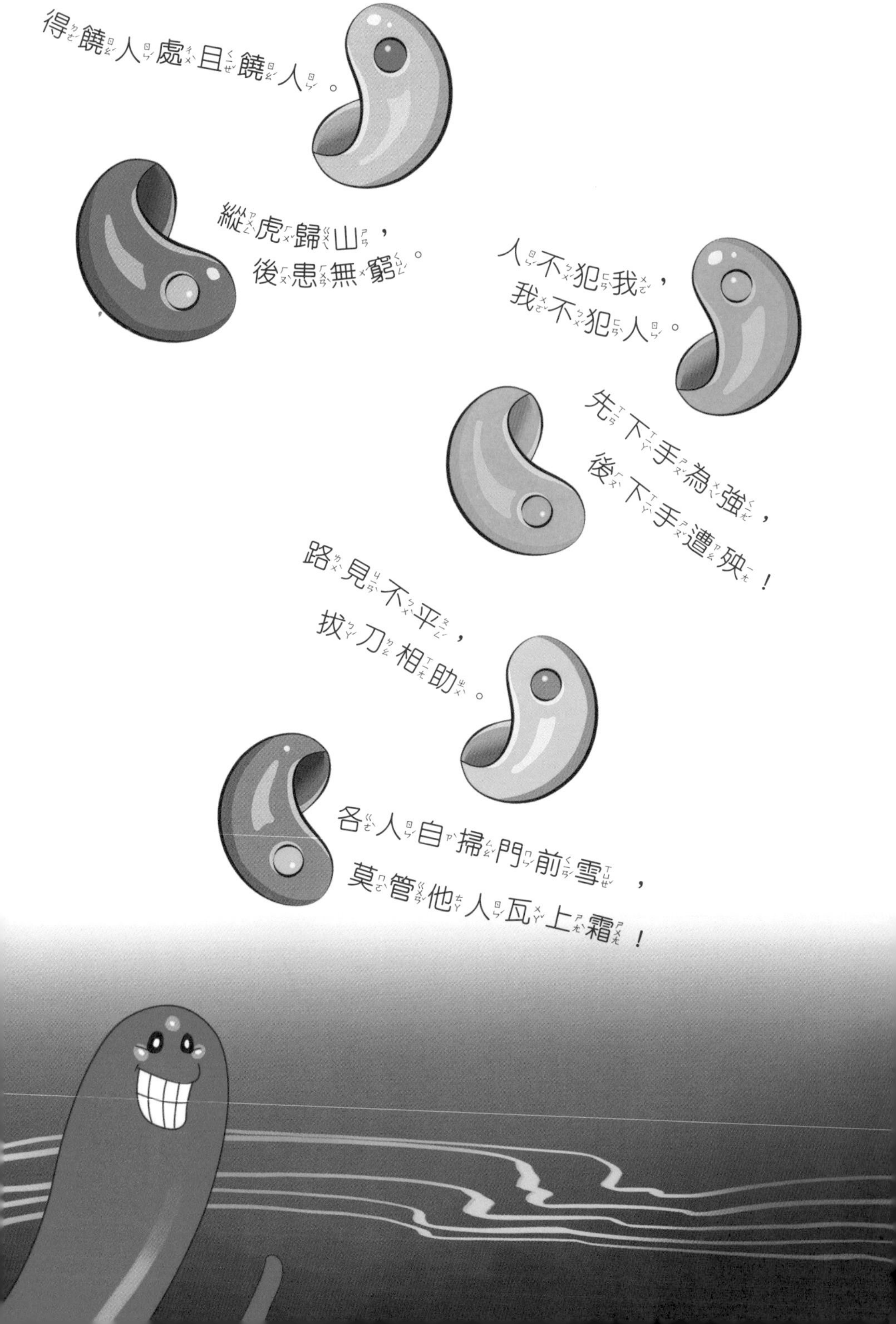
得饒人處且饒人。
縱虎歸山，後患無窮。
人不犯我，我不犯人。
先下手為強，後下手遭殃！
路見不平，拔刀相助。
各人自掃門前雪，莫管他人瓦上霜！

「大家都看昏頭了吧？」妖八豆問。

小妖怪都搖搖頭。

「不會啊！」咚咚舉起手，「我們都看不懂。」

「看不懂？」八豆妖一揮手，「咕嘰咕嘰風，把最好的辭典灌進大家腦袋瓜裡，免費升級。」

咻——咻——咻！

一陣好聰明的風吹過來，小妖怪一下子都覺得腦袋發亮，腦細胞全醒了過來。

「好奇怪？」好奇怪抓抓腦袋，「我怎麼覺得我的智商變成了一百八十？」

「哈，原來『士』是指讀書人！我還以為是指小飛機。」鼻寶說。

八豆妖點點頭。

「好，現在大家再看一遍，看懂了沒有？」小妖怪全努力再看一遍。「沒有。」這一次，他們是真的看糊塗了！

「哈，妙妙妙！」妖八豆十分滿意，「可見這些話跟智商根本沒關係，說不定愈聰明還會愈迷糊呢。」

八豆妖幫大家解釋：「這些都是人類發明的『咒語』。他們有事沒事就愛唸一唸。」

「看出來了吧？人類是全宇宙最矛盾的動物。」妖八豆接著說：「所以他們的咒語老是相反。」

「老師，」小耳朵的耳朵現在好乾淨、好舒服，她只想知道一件事，「究竟哪些咒語說得對？」

「好問題！這堂課就讓大家來實際體驗一下，看看哪一邊說得對？」

紅黃妖左右手一揮，海平面上出現兩道門。

「這裡有兩道門，門一開，一道能走進去，一道能走出去。」兩個老師同時說話：「現在，請大家分成兩組，準備打開門。」

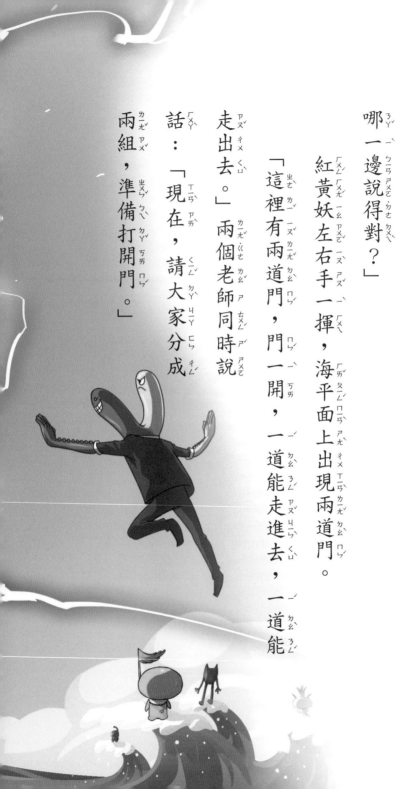

耶，小妖怪立刻開始找伴，海浪椅「嘩啦啦！」分成兩邊。

「遲到六人組」咚咚、眼眼、小耳朵、好奇怪、鼻寶和帝江走到地震大王身邊，地震大王開心得說不出話，心臟怦怦怦跳起了地震舞。

「早到三人組」陽光小妖、文字怪、星座妖和其他小妖怪另外組成一隊。

「小耳朵，」八豆妖說：「妳來幫兩隊各抽一對咒語。」

小耳朵隨手一抽，第一組抽到「路見不平，拔刀相助」和「各人自掃門前雪，莫管他人瓦上霜」；第二組抽到「人不犯我，我不犯人」和「先下手為強，後下手遭殃」。

「拔刀相助？」好奇怪好興奮，「哇，有刀耶！刀在哪裡？」

一道小波浪潑上他的臉。「只是比喻！」妖八豆說。

真可惜！好奇怪忍不住用手劃來劃去，好像手變成了一把刀。

「還有問題嗎？」八豆妖問，「沒有？好，體驗課——開始！」

兩道門，一道往內推開，一道往外拉開。

「哇！」「哇！」兩組小妖怪一走進去，同時發出一聲驚叫。

溜出去玩的海

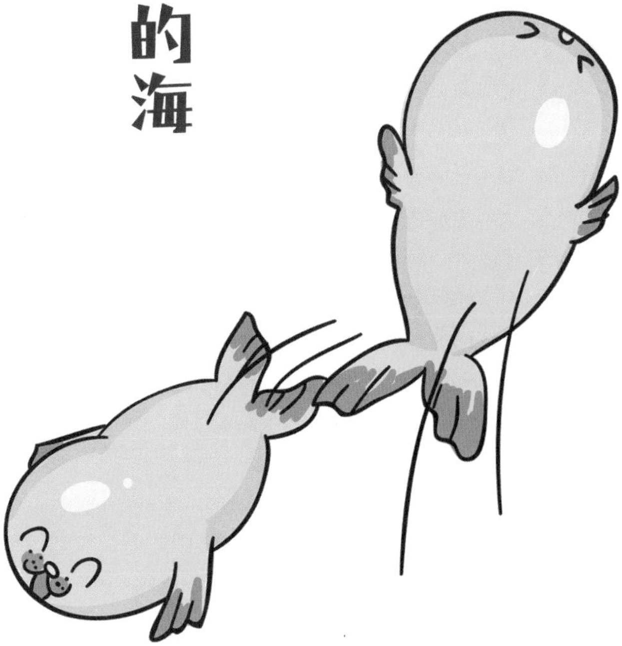

「哇！好多星星！」

一陣浪花打來，濺得四周的星星瀅瀅亮亮。

「好奇怪！這片海洋——」好奇怪張大眼睛，「——飄浮在宇宙中耶！」

「嘻，好玩好玩，」咚咚、鼻寶追著身旁的小亮光，「海裡還有

流星雨！」

不止流星雨，還有月光鯨魚、陽光鯊、彗星海螺、黑洞章魚……好多奇妙的生物。

「有人在哭。」小耳朵說。

「我看到了——在那邊！」眼眼一指，大家都衝過去。

啊，一隻海猿在追打一隻小海狗。

「住手！」咚咚說：「不可以大欺小！」

海猿生氣的猛揮手：「你們別管。」

「哼，路見不平，拔刀相助！」眼眼跳到前面，帝江衝過去把海猿撞倒，好奇怪揮著想像中的刀。地震大王一頓腳，把海猿震到海的遠遠另一邊。

「謝謝你們！」小海狗跳起來，給地震大王一個大擁抱。

「呵，不用謝——不用——啊！」地震大王忽然全身沒了力氣。

「謝謝你！」「謝謝你！」「謝謝你！」

小海狗分身成好多隻小海狗，分別撲上小妖怪，送上一個個大擁抱。小妖怪一個個應聲倒下！

「嘻嘻嘻，我是『海底吸塵器』，專門吸收能量。我最愛吃海蝸牛喔！」小海狗又合成一隻大海狗，全身閃閃發亮，嘻嘻哈哈跑遠了。

好半天，小妖怪才一個一個醒過來。

「哦，好累啊——好像三天沒吃東西，全身都沒力氣。」

「嗚……小海狗是小壞蛋！」

「我們幫錯人了。」

好一會兒，他們才能站起來，往前走。海洋在宇宙中輕輕搖擺，好像在散步。

「這麼美麗的海洋，我怎麼從來沒見過？」好奇怪問。

「咦？我又聽到哭聲了。」小耳朵低聲說。

「嗯，在那邊。」眼眼輕輕指了指。

大家悄悄走過去。

一隻火象在追一大群海蝸牛，火鼻子一捲一小群、一捲一小群……海蝸牛在輕輕哭。

「我們要——」咚咚很想說：「路見不平，拔刀相助」。

可是，另一句相反咒語卻在大家心裡浮現出來：「各人自掃門前雪，莫管他人瓦上霜。」

大家你看我，我看你，悄悄點點頭。

海蝸牛的哭聲愈來愈小……因為牠們愈來愈少……

「各人自掃門前雪，莫管……哇唔，」

小耳朵搖搖耳朵，忍不住說：「我……我不喜歡這麼長的話！」

「對嘛，什麼『各人』、『他人』，聽起來好奇怪。」好奇怪也點點頭。

「而且，我們又不是人，我們是小妖怪。」鼻寶說。

咚咚點點頭，「這個哭聲我吃一口，

就想掉眼淚。」

帝江原地轉圈圈，身體脹得好紅。

他們互相看了一眼。

「住手！」咚咚大喊。帝江也衝上去，地震大王趕上去，好奇怪也揮起「手刀」。

啊！只救到最後一隻海蝸牛。

大地震！

「地震大王，不要跺腳！」咚咚大叫。

「我沒有。」地震大王一臉無辜。

大海忽然向下傾斜，好像大樓缺了一腳。

「哇，大海要垮掉了！」小耳朵摀住耳朵。

轟隆隆！轟隆隆！大海開始碎成一大塊、一大塊的藍色水花……

「救命啊！我們不想消失！」月光鯨魚、陽光鯊、彗星海螺、黑洞章魚紛紛大喊。

「怎麼會這樣？」好奇怪問。

「這是大海作的夢！」海蝸牛說：「我們是『夢的

建築師』。火象是吃夢獸，牠一吃光我們，這個夢就會消失。」

「呼——好險！」小耳朵說：「好險你還在。你能把這個夢重建起來嗎？」

「也許可以。」海蝸牛說：「但是很慢。我只有一隻。」

「沒關係，我們幫你。」

帝江飛出海底，駝起整座海洋。咚咚、鼻寶也跳出去幫忙把海水扶正。海蝸牛輕輕飄浮起來，腳底分泌出粘液，把裂開的海水慢慢黏起來。

眼眼、小耳朵帶著地震大王去追海狗和火象。

「在這裡！」眼眼大叫。

「不好意思！請你們離開這片海洋！」地震大王用力跺腳，碰！碰！把牠們震出天空之海。

「哇！不要啊——」火象大叫一聲。牠的屁股上露出八顆黑痘。

沒有光的地方

「哇，好黑！什麼也看不見。」

「別怕，看我的！」陽光小妖一吐氣，頭上開始發光。

四周一下清楚……

哇，是深海底！

「喂，臭燈泡，快關

燈！」一隻胖胖魚瞪過來。

「您好，我是陽光小妖。」

「我不好，眼睛快被你照瞎了，快把燈關掉！」

「胖胖魚叔叔，不能關，一關我們就看不見。」星座妖說。

「不關？」胖胖魚瞪得更凶，「那就沒收！」

咻——光被胖胖魚吸進肚子，四周又變暗了。

「大欺小，不要臉！」文字怪變出「壞人」兩個字，可惜胖胖魚看不見。

「噓——安靜。」

遠處忽然亮起來。有一隻燈籠魚！牠慢慢悠悠的游過來，頭頂上的燈光晃呀晃……忽然，兩個大黑影靠近，燈光一下消失。

「火魚，你又搶我的食物！」一隻魚大叫。

「沙鯨，誰叫你慢半拍？」火魚舔舔嘴巴，全身冒出火光。

「可惡！」沙鯨氣炸了，身體脹成兩倍大，「你每次都先下手為強，好，這次換我先下手為強！」

沙鯨張大嘴巴，撲向火魚。「哇——」火魚剛一開口，就被吞掉。

「——哇！」沒一會兒，換沙鯨哇哇叫，好像在幫火魚喊完那一聲哇。

「好痛！好痛！」沙鯨翻過來、翻過去，「我的肚子著火了！」

下一瞬間，沙鯨被燒成了一片沙，海潮一吹就

消散不見。「哇！」小妖怪都看呆了。剛剛，這兒還有兩條大魚呢！

「原來你是好心幫我們！」陽光小妖對胖胖魚說：

「謝謝你！」

「哈哈哈！不用謝。」胖胖魚大笑起來，「『深海二霸』消失了，現在海底剩下我最強。」

牠一轉身，「換你們了！先下手為強——」大嘴一張，把陽光小妖吞掉了。

「啊，人……人不犯我，我不——」文字怪還沒唸完，也被吃掉了。

「啊！」「啊！」「啊！」星座妖、水母怪、長腳怪……小妖怪一隻隻都被胖胖魚吞掉。

「只剩你了！傻貓。」

「我不叫傻貓，我叫時間貓。」時間貓說：「我什麼都不會，只會一件事——倒轉時間！」答答滴滴……答答滴滴……時間貓臉上的時針快速回轉。小妖怪又從胖胖魚嘴巴裡倒出來，一一回到眼前。

「哼，倒回來這裡？沒用，我照樣一個一個把你們吃掉！」

「還沒停呢！」答答滴滴……答答滴滴……時間貓臉上的時針繼續往回轉……

「哇，好黑！什麼也看不見。」

「別怕，看我的，」陽光小妖一吐氣，「先下手為強！」

強光一閃，一道聚光燈直直照向胖胖魚。

「啊——」胖胖魚嚇一大跳，他看到兩個龐大身影直直向他撲來。

火魚搶先張嘴，把胖胖魚吞進肚子。

「火魚，你又搶我的食物！」

「沙鯨，誰叫你慢半拍？」

「可惡！要先下手為強嗎？」

「哇——」兩個大黑影一下子就變成一個。

再一會兒，一陣沙煙飄散……眼前又恢復了寧靜。

遠遠的，一隻燈籠魚慢慢悠悠的游了過來，頭頂上的小燈光好耀眼。

咦，牠的魚肚子上有八顆青春豆！

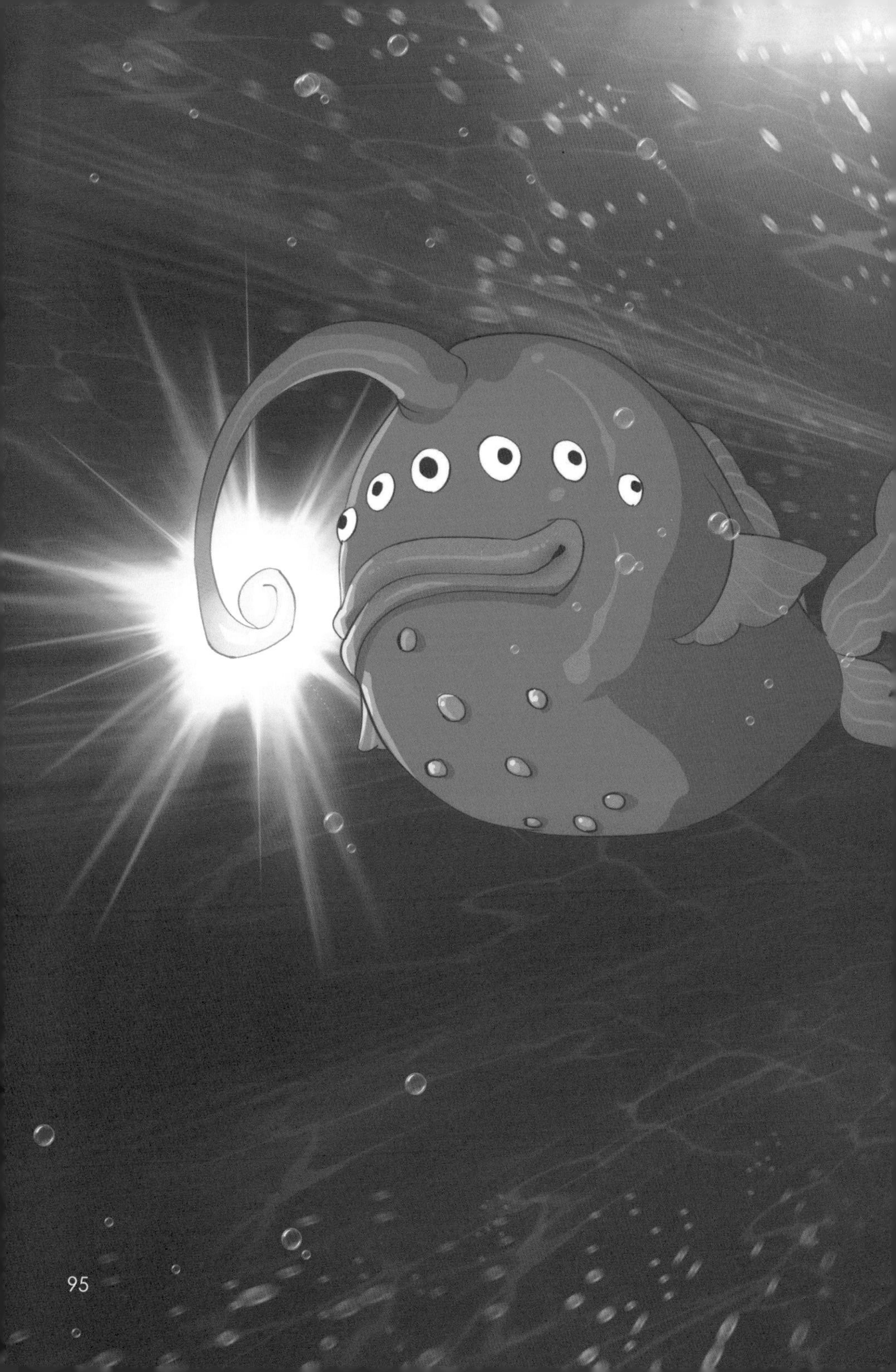

成功？還是失敗？

「咻——咚！」「咻——砰！」

連續兩聲，第一組和第二組小妖怪都從門裡彈了出來。

「如何？」妖八豆問第一組：「你們現在知道『路見不平，拔刀相助』不一定全對。別人有難，不一定都要幫忙了吧？」

「不，我們都要幫。」咚咚說。

「都要幫？」妖八豆的臉綠了起來，

「就算幫了會讓自己倒楣也要幫？」

「對，因為不幫這裡會更難過。」小耳朵指指自己的胸膛。

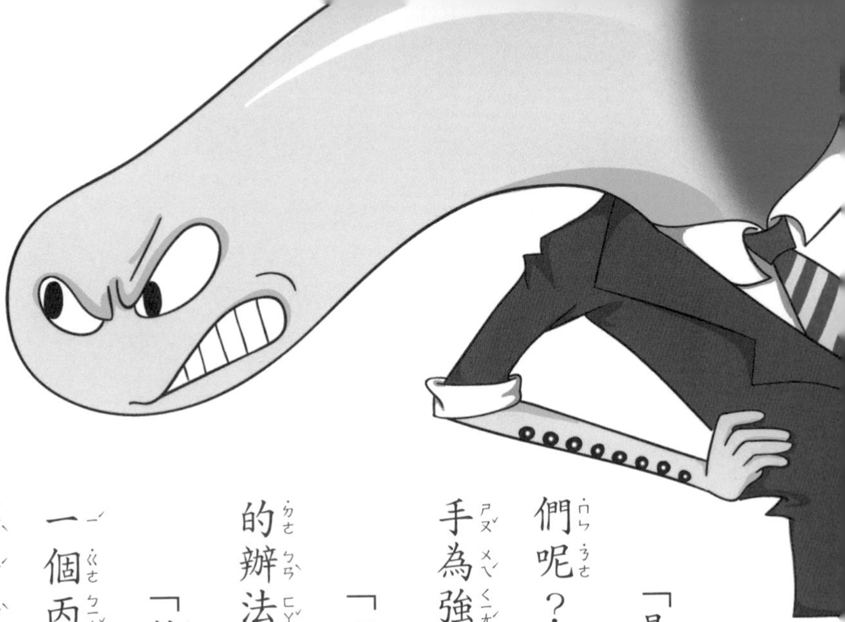

「是嗎？」妖八豆轉頭問第二組：「你們呢？你們現在知道危急時一定要『先下手為強』了吧？」

「不，」陽光小妖說：「一定有更好的辦法。也許，壞人不一定要死掉。」

「對！」文字怪一變身，給自己打了一個丙，「我們這次沒想到好方法，也許下一次就能想到。」

丙
12
3
9
6

妖八豆生氣說：「哼，想不到這次的教學居然這麼失敗，真是孺子不可教也！」

「不、不、不，應該說——小孩子是大人的老師！這一次的教學太成功了，」八豆妖開心得哈哈大笑，「他們的想法我都沒想過，真是太棒了！」

「咦，我怎麼又聽糊塗了？」妖大王皺起眉頭問九頭龍主任：「這一堂課究竟是成功還是失敗啊？」

「嗯……」九頭龍主任擦擦汗說：「一半成功，一半失敗吧。」

八腳怪湊上前說：「報告大王，不管是成功還是失敗，講師費都要付喔！」

請款單

課後會議

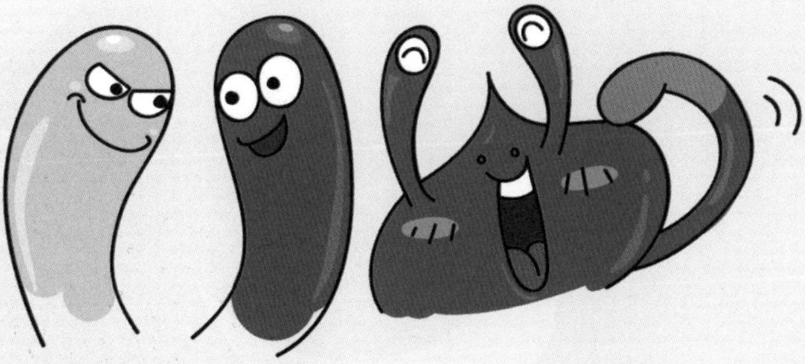

感謝妖大王召開這一次會議！首先，我們要頒發「最佳造型獎」——妖大王！您演的胖胖魚真是太可愛，身材和本人一模一樣。

其次，要頒發「最佳男配角獎」——九頭龍主任！您飾演的沙鯨，肚子痛那一段特別精采。

「最佳新人獎」——隱形怪老師！謝謝您特別現身，演出海蝸牛，戲份不多卻很搶眼。

「最佳特效」要頒給千眼怪老師，您變身的「海底流星雨」雖然只出現三秒鐘，效果卻最驚人。

「最佳客串獎」要頒給咕嘰咕嘰風，你扮演小海狗，演技一流！

最後，「特別貢獻獎」要頒給八腳怪。

我？我沒有演，也能得獎？

當然，謝謝你沒有演出，讓這一次教學非常順利成功。

哦耶！我就知道我也有貢獻。等等，怎麼沒有「最佳演員獎」？

當然有，就是我們兩個啊！好了，課程圓滿結束，謝謝妖大王的講師費，我們走囉。拜拜！

拜拜！拜——咦，等等，我們不是要開教學檢討會嗎？怎麼變成頒獎典禮？
嗯……這，這也算是一種唱反調啦。（擦擦汗）
唱反調？嘿，可是老師還沒公布這些「人類咒語」究竟哪一些是對的啊？

報告大王，這問題我查過了，人類也沒有答案。
看來，沒有答案也是一種答案。
把答案隱形起來？聰明！咦，這是什麼？老師留下的「主題曲」？
我來唱：「你說對，我說錯，誰對誰錯不知道。我說對，你說錯，世界就是這麼奇妙！」好聽，我要去買CD。

呔，我看人類根本就是矛盾的生物！你看，他們老愛說「邪不勝正」，又愛說「道高一尺，魔高一丈」——
哈，這我知道！八腳怪，來，量量看我有多高？
一丈！（跳起來量）

看吧？我就知道，是「道高一尺，魔高一丈」對。
大王果然英明！這問題困擾了人類好幾千年，想不到大王五秒鐘就解決了！（趕緊拍手）
謝謝大家，本次會議——圓滿結束。（哈哈哈哈）

小耳朵的日記

今天咕嘰咕嘰風又來幫

我掏耳朵，掏出一個聲音球。

我們把它當成乒乓球，拍來打去。我一個殺球把它打出窗外，不小心打到隱形怪老師。老師問我是不是討厭聲音球？我說它

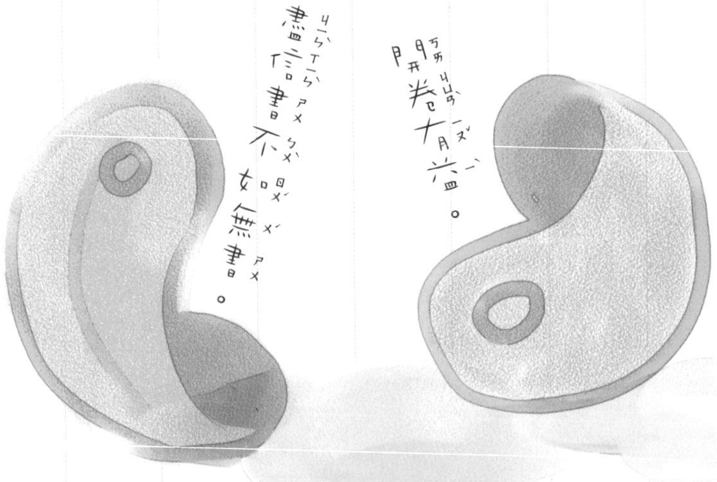

們好吵。

隱形怪老師走進來，說我的腦海是一座「聲音的海洋」，他很羨慕呢！

咕嘰咕嘰風一聽就笑，還朝我耳朵一直吹，
說：「我可以當妳的海風喔！」
老師說了一段我聽不懂的話，還好聲音留在我
耳朵裡。我把它們記下來，希望以後能明白：
「妳可以試著讓妳的腦海變成大海喔！不要怕
聲音球。它們就像是小浪花和大海浪，有些幫助妳
的腦海在漲潮時往前衝；有些讓它在退潮時更輕
鬆。」

好玄啊！腦海也會漲潮、退潮？

「當我們碰到事情，想往前衝、拼命去做時，腦海就會漲潮；想往後退、保護自己時，腦海就在退潮。其實，人類比妳更苦惱喔！他們常常在漲潮時唸了退潮咒，退潮時卻唸了漲潮咒。」

哇，那一定很糟糕！

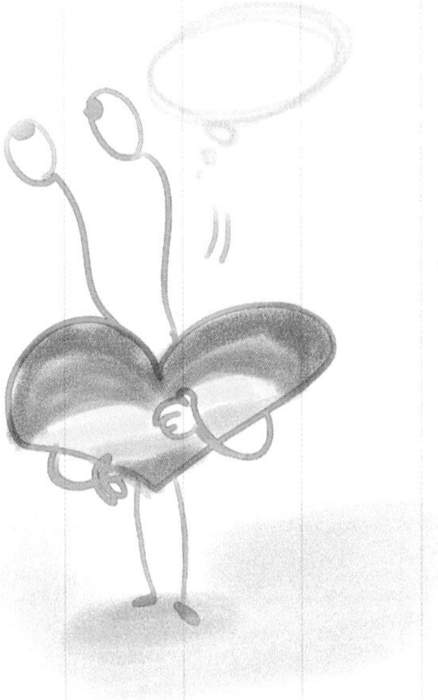

妳問老師哪一個咒語才對?真可惜,老師也不知道答案。不過,妳只要能聽到第三種聲音,就不必太在乎它們了。「不是別人的聲音喔,」老師指一指我的心。「只要用心聽,妳就能聽見。」

重點!要畫線。嘿,我的心也有話要說?那我一定要好好練習,努力來聽一聽。

隱形怪老師最後還說他很滿意我們這一次的表現呢！我只高興了一下下，因為聲音球天天來，一多，就弄得我耳朵癢。

老師好像偷偷笑了一下，說我可以送給咚咚！他一定喜歡。

對喔！我怎麼沒想到？

「耶，小耳朵今天又送我好多「聲音糖」，真好吃！」

附錄 「相反咒語」漫畫篇

這些影音照片，都是我偷偷拍到的喔！

開卷有益

盡信書不如無書

今天星期一，昨天星期天，明天星期二，後天星期三、大後天星期四……
請問今天星期幾？

知無不言，言無不盡

別回答，大家努力存錢啊！

沈默是金

唉，果然書太少了啊！

書到用時方恨少

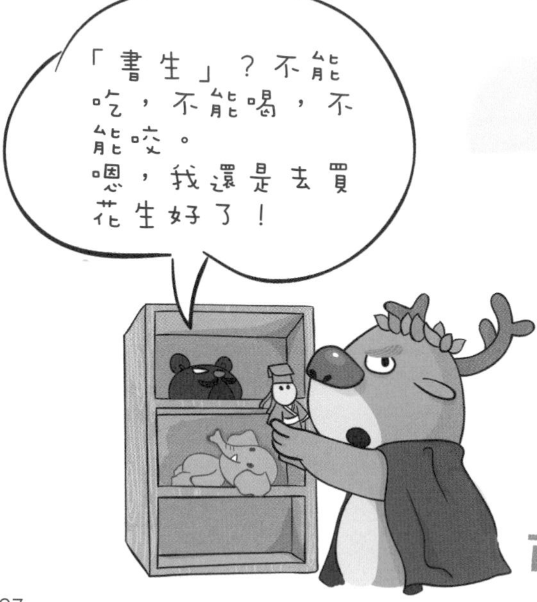
「書生」？不能吃，不能喝，不能咬。
嗯，我還是去買花生好了！

百無一用是書生

妖怪小學　校園徵稿

千眼怪老師睜開「未來之眼」，看到小妖怪碰到了新問題：

人為什麼會說謊？為什麼表裡不一？

你也有說謊的經驗嗎？或是曾經知道別人在說謊？請拿張紙寫下來（要畫成四格漫畫也行喔），寄到妖怪小學給妖大王吧！

你看到（遇到）了＿＿＿＿＿＿

卻說出了相反的話＿＿＿＿＿＿

為什麼呢？＿＿＿＿＿＿

▼示意圖

哇，好想吃啊！
要不要吃冰淇淋？
不用，謝謝校長！

歡迎將你的徵稿回應寫下或畫下後，
寄到「104台北市中山區建國北路一段96號11樓」妖怪小學收
也許你的作品會被選上，出現在妖怪小學系列作品中唷！

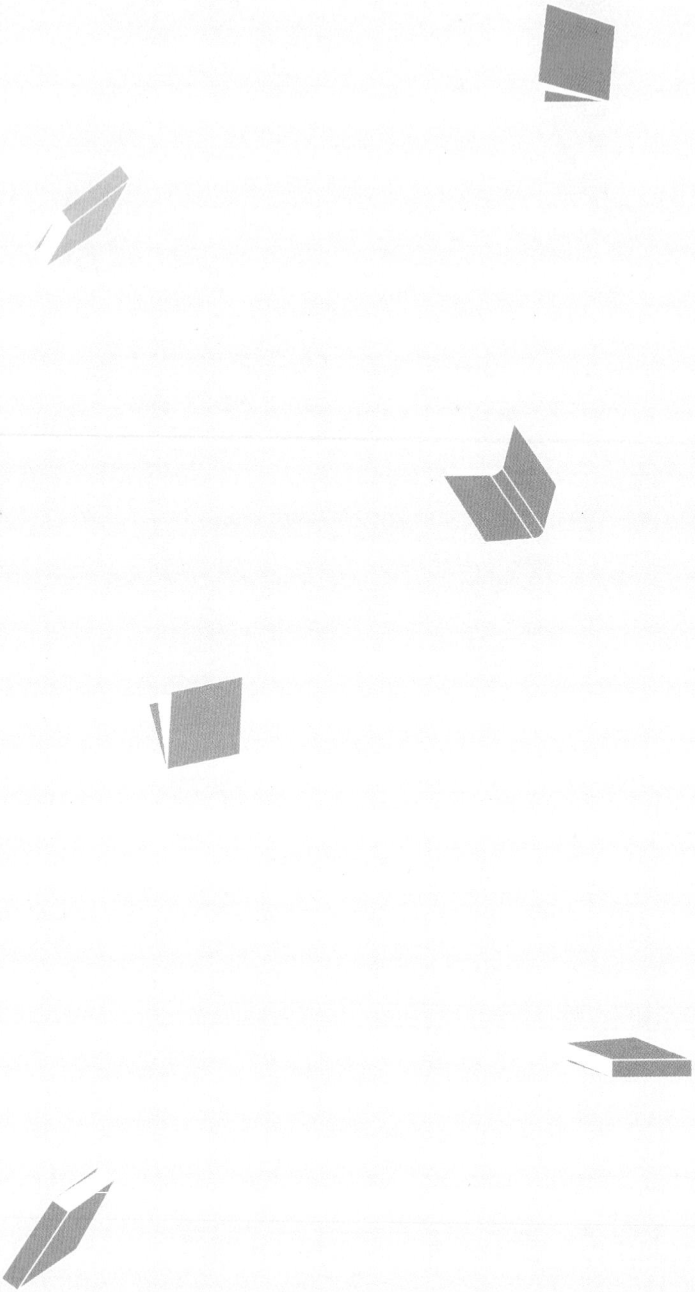

閱讀123